Christoph Ransmayr verwandelt Erinnerungen in Erzählungen und bedankt sich mit diesen Geschichten für die Auszeichnungen nach seinem großen Erfolg »Cox oder Der Lauf der Zeit«. Wir erleben den Schriftsteller in drei Reden sehr persönlich, fast privat. Zugleich bezieht er vehement Stellung gegen Barbarei, Populismus und Ignoranz. In »Arznei gegen die Sterblichkeit« fügt er seiner Reihe »Unterwegs nach Babylon«, nach der Bildergeschichte, der Tirade, dem Duett und vielen anderen, die Danksagung als eine weitere Spielform des Erzählens hinzu.

Im vorliegenden Band schlägt ein Junge den Fußball aus dem Morast eines Spielfeldes und schießt ein fatales Eigentor. Ein Mädchen im gelben Kleid schleppt einen schweren Wasserkanister durch eine afrikanische Einöde. Ein Vater kämpft verzweifelt um die Wiederherstellung seiner Ehre.

Christoph Ransmayr

Arznei gegen die Sterblichkeit

*Drei Geschichten
zum Dank*

S. Fischer

Erschienen bei S. FISCHER
2. Auflage März 2020

© 2019 S. Fischer Verlag GmbH,
Hedderichstr. 114, D-60596 Frankfurt am Main

Umschlaggestaltung: Gundula Hißmann und
Andreas Heilmann, Hamburg
Umschlagabbildung: Shutterstock
Satz: Dörlemann Satz, Lemförde
Druck und Bindung: CPI books GmbH, Leck
Printed in Germany
ISBN 978-3-10-397478-2

Arznei gegen die Sterblichkeit 9

Mädchen im gelben Kleid 15
Eine Zierde für den Verein 33
An der Bahre eines freien Mannes 45

Arznei gegen die Sterblichkeit

Versuchen wir das Unmögliche und versetzen uns in einen mehr als eine Million Jahre zurückliegenden spätherbstlichen Nachmittag der Altsteinzeit im südafrikanischen Bergland. Im Schatten einer Felswand, so hoch, daß wir den Kopf in den Nacken legen müssen, wenn wir dem Flug der über die Abbruchkante dieser Wand hinaussegelnden Wolken folgen wollen, glosen die Reste eines unter weißer Asche begrabenen Feuers. Erst in der abendlichen Kühle nach Sonnenuntergang, frühestens aber zur sehnlich erwarteten Rückkehr der Antilopenjäger, soll das Feuer wieder entfacht werden.

Vor der Feuerstelle sitzt ein halbnackter, von Narben übersäter Mann, umringt von Frauen und Kindern, und erzählt, was den vor drei Tagen aufgebrochenen Jägern möglicherweise widerfahren ist, was sie getan, erlebt, gesehen haben – möglicherweise, denn die Erzählungen des Narbenmannes, das wissen seine Zuhörer längst, führen nicht bloß in die Labyrinthe der Wirklichkeit, sondern immer auch in das bloß Mögliche, in die Vergangenheit wie in die Zukunft. Denn was ist, ist niemals alles.

Zwei der Frauen, die sich ihm jetzt wieder zuwenden, haben Gazellen und Springböcke mit Kohle an einige von Wasser, Sand und Wind glattgeschliffene Flächen der Felswand gezeichnet – wie von Kometenschweifen gehörnte Strichwesen –, um die Seelen und den Zorn der mit Keulen und Speeren getöteten Beute zu bannen und sie davon abzuhalten, den Clan heimzusuchen.

Der Erzähler weiß, wovon er spricht. Noch vor wenigen Jahren hatte er die Täler und ferne Savannen noch selber mit den Jägern durchstreift, aber seit er bei der Verfolgung einer Antilope in eine von dornigem Gestrüpp überwucherte Felsspalte gestürzt ist und sich dabei beide Beine mehrmals gebrochen hat, ist ihm nur noch die Verwandlung von allem, was war und geschah, in Laute, in Worte geblieben. Er begann, zu erzählen. So konnte er für den Clan, der ihn auch nach seinem von bösen Vorzeichen angekündigten Unglück nicht verstieß, nützlich bleiben. Denn daß er vor seinem Sturz für Nahrung und Kleidung gesorgt, eine Höhle bewohnbar gemacht, Feuersteine geschlagen, Nachwuchs großgezogen und das Tal gegen die Gier fremder Horden verteidigt hat, hätte nicht ausgereicht, um ihm auch als Krüppel Schutz, Kleidung und Nahrung zu bieten.

Das einzige Tauschmittel, mit dem er nun für menschliche Gesellschaft bezahlen kann, ist der Brückenschlag von den Dingen und Gestalten des Lebens über den Abgrund der Sprachlosigkeit hinweg in das

Reich der Laute, des Flüsterns, des Schreiens und der Worte. Ein kostbarer Gegenwert, ermöglicht er damit doch jedem, der den in seinen Geschichten ausgelegten Fäden folgen will, sich nicht nur über seinen gegenwärtigen Ort, sondern selbst über den unbesiegbaren, alles vernichtenden Lauf der Zeit zu erheben und sich an vergangenen oder zukünftigen Schauplätzen des Daseins umzusehen, in den Kulissen der Vorstellungskraft, in denen er leibhaftig niemals war und niemals sein wird.

Arznei gegen das Zugrundegehen, Kraut gegen die Sterblichkeit hat eine der Frauen, deren Fingernägel rissig und schwarz vom Kohlenstaub sind, mit dem sie flüchtende Antilopen auf dem Fels erscheinen ließ, die Erzählungen des Narbenmannes genannt – eine Arznei wirksamer als Distelsamen und weiße Tonerde gegen die Fieberglut und wirksamer selbst als die blutstillenden Tropfsteine aus den Höhlen des Winterquartiers. Denn wer in eine Erzählung aufgenommen wurde, der konnte selbst dann noch jagen, lieben, lachen oder kämpfen, wenn Käfer, Würmer und Aasvögel seine Knochen längst von allem Fleisch befreit hatten oder sein gebleichter Schädel von einem aus dem Dickicht hervorgebrochenen Feind zu den Splittern einer Regenrassel zerschlagen worden war. Wer vom Narbenmann ins Reich der Vorstellung geführt wurde, der durfte von Generation zu Generation in die Vergangenheit und in die Zukunft wandern und in einem Nest, in dem ansonsten nur in Baumharz eingeschlossene Insekten, Steine oder zu Stein gewordene Schnecken überdauerten, gewiß nicht für immer bleiben, aber zumindest länger als jedes atmende Wesen. Und er war dort weder von Keulen noch von Speeren oder Stoßzähnen zu verwunden.

Versuchen wir also das Unmögliche und versetzen uns an einen leicht bewölkten frühherbstlichen Nachmittag des einundzwanzigsten Jahrhunderts und dort in den festlich erleuchteten Saal eines barocken Rathauses irgendwo in der Mitte des europäischen Kontinents. Der unter vergoldetem Stuck schimmernde Saal faßt, sagen wir, etwa dreihundert Menschen und ist zwar nicht bis auf den letzten Platz, aber doch gut gefüllt. Die von kaum hörbaren Ventilatoren bewegte Luft hat in manchen ihrer Wirbel den Duft parfümierter Frauen in Abendkleidern angenommen, und auf einer mit weißen Lilienbuketts geschmückten Bühne macht sich neben einem Rednerpult ein ganz in Schwarz gekleidetes Kammerensemble bereit, den berühmten und vielbeweinten zweiten Satz des Schubert-Streichquintetts in C-Dur, der vielen Zuhörern bereits bei der Lektüre des Programms im Ohr zu klingen begann, aufzuführen. Der Komponist hat diese Musik nie gehört. Er starb nur zwei Monate nach der Niederschrift seines Quintetts, aber heute soll sein Werk noch einmal daran erinnern, daß ein Klang, ein Wort oder eine bloße Strichzeichnung seinen Schöpfer für Jahrhunderte überdauern kann. Der wieder und wieder zu Herzen gehende, für feierliche Anlässe wie diesen wie geschaffene zweite Satz wird heute zwei Ansprachen, eine Lobrede und eine Dankesrede sowohl voneinander trennen als auch miteinander verbinden. Schubert!, flüstert eine mit Zuchtperlen geschmückte Dame in der ersten Reihe einer ähnlich dekorierten Sitznachbarin seufzend zu, ach, Schubert!

Der Lobredner hat soeben seinen Platz wieder eingenommen und ist noch zu aufgewühlt von der mit seinem Auftritt verbundenen Nervosität, um sich den einsetzenden tieftraurigen Klängen hinzugeben. Aber er hält die Augen geschlossen, um zu zeigen, daß er doch ganz im Inneren der Musik ist. Ein in seiner Rede für Romane oder Dramen oder Gedichte oder Kurzgeschichten hochgelobter Erzähler zwei Plätze links von ihm – einige Zuhörer haben schon wieder vergessen, welchem literarischen Verdienst die preisenden Worte galten – wird nach dem Verklingen der Musik einen Preis, der nach einem vor vierhundert Jahren verstorbenen Dichter benannt ist, entgegennehmen – eine Urkunde, eine versilberte Medaille im blauen Samtetui, vor allem aber einen Scheck, der, so erinnert sich der Hochgelobte an den ersten Augenblick der Benachrichtigung von seinem Glück, bedauerlicherweise nicht über eine etwas höhere Summe ausgestellt worden war. Die Auflagen sind schließlich nicht mehr, was sie einmal waren.

Der Hochgelobte sitzt in der von den Randgängen exakt abgezählten Mitte der ersten Reihe auf dem

Ehrenplatz neben dem Bürgermeister, an dessen Brust die Kette seines Amtes glänzt. Der Hochgelobte ist von Narben übersät, trägt nur ein Fell um die Hüften und stützt seine Hände auf eine Keule, an der schwarze Tränen zu sehen sind; getrocknetes Blut? Seine Augen sind weit offen und starr wie auf eine Beute auf einen der beiden Cellisten gerichtet. Er atmet flach, kaum merkbar, ein Jäger.

Was immer er zum Dank sagen wird, jeder Satz, selbst die Formel *Sehr geehrte Damen und Herren* steht unverrückbar wie eine Felszeichnung in jenem einmal gefalteten Manuskript, das auf seinen haarigen Knien bereitliegt. Als er sich vorbeugt, um einen gelösten Riemen an seinen aus Gras geflochtenen Schuhen festzuziehen, sieht die Perlendame neben ihm, es ist die Frau des Bürgermeisters, den gebleichten Unterkiefer einer Antilope an einem von Fellresten borstigen Lederband um seinen Hals baumeln.

Als Schuberts magische Musik von E-Dur bis zu f-Moll, über Tremoli, Crescendi, Doppelgriffe und schneidende Synkopen, dann nahezu bewegungslos kadenzierend wieder nach E-Dur zurückgleitet und schließlich in einer kurzen, atemlosen Stille vor dem Applaus erlöscht, erhebt sich Narbenmann, schreitet langsam, sehr langsam – die Schmerzen an den schlecht verheilten Knochenbrüchen kündigen einen Wetterwechsel an – die sieben Stufen zum Rednerpult hoch und beginnt lächelnd, aber ohne die geringste Verbeugung zu sprechen.

Mädchen im gelben Kleid

Es war an einem gewittrigen, aber noch windstillen Januartag, an dem ich ein barfüßiges Mädchen von sechs, vielleicht sieben Jahren in einem löwenzahngelben, in streifige Fetzen gerissenen Kleid auf einer von Schlaglöchern durchschossenen Landstraße im Gebiet der ostafrikanischen Virunga-Vulkane sah. Das Mädchen schleppte einen großen Wasserkanister, der offensichtlich so schwer war, daß die Kleine ihn nur mit beiden Händen und zwischen ihren dürren Beinen pendelnd Schritt für Schritt voranbringen konnte. Auch wenn sie manchmal versuchte, den Schwung der Pendelbewegung ihrer Last für den nächsten Schritt zu nützen, mußte sie das Gewicht nach wenigen Metern doch immer wieder abstellen, mußte Atem schöpfen, um den Kanister dann mit einem Seufzer wiederaufzunehmen. Trotzdem hob sie in einer dieser Atempausen den Kopf und winkte einer kleinen, im Schatten einer staubigen Akazie mit einer Reifenpanne beschäftigten Gruppe auf der gegenüberliegenden Straßenseite zu und lächelte. Winkte uns zu. Uns Europäern. Uns Weißen.

Ich war in diesen Januarwochen gemeinsam mit

meiner Frau und Freunden aus Südtirol in einem überladenen Geländewagen in der Grenzregion zwischen Uganda, Ruanda und dem Kongo unterwegs, um einige weit in den Regen- und Nebelwäldern des Ruwenzori-Gebirges verstreute Berggorillaclans zu beobachten. Eine ruandische Primatenforscherin hatte uns diesen Weg ins Gebirge ermöglicht und wollte uns führen. Die Mitglieder *ihrer* Gorillaclans waren durch jahrzehntelange Bemühungen von Zoologen und Verhaltensforscherinnen wie etwa der Kalifornierin Dian Fossey durchaus nicht gezähmt, durchaus nicht domestiziert, aber doch in einem Ausmaß an das gelegentliche Erscheinen von Menschen gewöhnt worden, daß von der Wildnis und den Dramen der Tierwelt gebannte Afrikareisende wie wir sich ihnen im günstigsten Fall bis auf eine Armlänge nähern konnten, ohne dabei wesentlich mehr zu riskieren als ein Mensch, der ein Pferd oder einen Jagdhund streicheln will.

Gefährlicher, viel gefährlicher als ein etwa zweihundert Kilogramm schwerer Gorilla, der seinen Clan als *Silberrücken* führte und beschützte, waren auch in diesen Januartagen und wie immer die Menschen: Wilderer im Sold reicher Trophäensammler, Straßenbauer oder Landerschließer, denen der Urwald entweder eine bloße Tropenholzreserve war, exotischer Baugrund für Hotels und Resorts oder einfach ein Hindernis, das aus dem Weg gesägt, gebrannt oder gesprengt werden mußte. Wie vor ihr und nach ihr noch andere Freunde der Gorillas war auch Dian Fossey solchen Herren der Wildnis unter nie geklärten Umständen zum Opfer gefallen: Sie wurde mit eingeschlagenem Schädel vor ihrer Hütte in jener Hochwaldregion gefunden, die wir in den kommenden Tagen durchwandern wollten.

Das Mädchen im gelben Kleid schien seinen Kanister trotz des quälenden Gewichts in die Unendlichkeit schleppen zu wollen: Die Straße durchschnitt im aufkommenden Wind wogende Papyrusfelder wie in alttestamentarischen Tagen vielleicht der Fluchtweg der Israeliten das Rote Meer, das sich zur Linken und Rechten der ins Gelobte Land Ziehenden zu Wassermauern erhob. Der ferne Horizont war von dunklem Urwald gezähnt, dahinter lag ein von zahllosen Seen schimmerndes Hochland, aus dem wir an diesem Morgen aufgebrochen waren. Wir hatten auf diesem Abschnitt unserer Route und bis das Hinterrad mit einem Knall alle Luft verlor und unser Gefährt ins Schleudern geriet, keine Dörfer gesehen, nur vereinzelte, mit Stroh oder Wellblech gedeckte Hütten, auch keine Strommasten. Eine Abzweigung, die zu irgendeinem Ziel des Mädchens führen mußte, war uns offensichtlich entgangen. Oder schleppte die Wasserträgerin ihre übergroße Last tatsächlich in die Unendlichkeit?

Neben dem von Wolkenbrüchen unterspülten Straßenrand, von dem sich jetzt aber nur Staubfahnen erhoben und gleich wieder hinlegten, verlief – als eindrucksvollstes Zeichen zivilisatorischer Bemühungen in dieser dürren Verlassenheit – ein mindestens fünfzehn, vielleicht zwanzig Zoll starkes Wasserrohr in die hitzeflirrende Weite, in der sich diese Leitung, durch die ganze Seen oder Flüsse dahinrauschen mußten, schließlich fadendünn im Papyrus verlor.

Solche Rohrsysteme, soviel hatten wir schon in den ersten Tagen unserer Fahrt durch Uganda und Ruanda gesehen, führten auf französische, englische oder amerikanische Ananas-, Kakao-, Kaffee- oder Teeplantagen oder die im Wind nickenden Tulpenfelder holländischer Blumenzüchter, aber niemals in die Dörfer der Menschen, die sich auf solchen Plantagen und Feldern abmühten. Die holten ihr Wasser von trüben Quellen und schleppten es in Kanistern oder auf dem Kopf balancierten Plastikwannen an Feuerstellen, an denen jeder Schluck gekocht werden mußte, wenn er nicht zur Quelle einer Vielzahl von Krankheiten werden sollte.

Diese Papyrusfelder! Der raschelnde, wispernde Klang dieser Felder … Während wir uns mit einem verbogenen Kreuzschlüssel an vom Rost festgebackenen Schraubenmuttern abmühten und den fehlenden Druck im Reserverad hochzupumpen versuchten, stellte ich mir Schriftrollen von der endlosen Länge dieser Straße vor, die aus dem Papyrus gewonnen werden könnten, Rollen, auf denen die wahre Chronik dieses Kontinents erst noch geschrieben werden müßte. War denn nicht zumindest die jüngere Geschichte Afrikas immer auch eine Geschichte Europas gewesen? Ebenso wie die Geschichten Asiens und Ozeaniens und Indonesiens und die beider Amerikas und selbst die der Südsee immer auch eine Geschichte des europäischen Auftritts gewesen waren, eine Geschichte der Eroberung, der Ausbeutung, der Sklaverei und des Völkermords.

Wohin immer ein Afrikareisender sich auf diesem Kontinent wandte, selbst wenn er nur unterwegs war, um weiße Nashörner, Elefanten, Hyänen oder Leoparden zu bestaunen (oder zu jagen) – mußte er auf die Spuren Europas stoßen, auf eine zertrampelte Bühne der Grausamkeit, dazu aber auch: auf Quellgebiete des europäischen Reichtums. Ohne die hier geschürften Erze und seltenen Erden, ohne die Gold- und Silber- und Diamantminen und unzähligen anderen Bodenschätze, ohne die hier eingebrachten Ernten, ohne die Arbeitskraft von Abermillionen Sklaven und Billigstlohnarbeitern wäre Europa wohl bis zum heutigen Tag noch längst nicht jenes Paradies, als das es in jenen Flüchtlingsströmen ersehnt und bewundert wird, die auf den Schlachtfeldern von europäisch mitverschuldeten Kriegen und Elends- und Dürregebieten entspringen.

Europa hat die Rechnungen für seine durch Jahrhunderte unternommenen Raubzüge quer über alle Kontinente dieser Erde nie bezahlt, ja hat die von sogenannten Entdeckern und kolonialen Armeen angerichteten Verwüstungen stets so lange geleugnet, bis der Gestank aus den Massengräbern nicht mehr zu ertragen war. Natürlich gab es auch in den Jahrhunderten vor dem Einfall europäischer Horden lokale Mordbrenner, Wucherer und Handelsgesellschaften, Stammeskriege, Sklavenmärkte, Grausamkeit und Gier, aber erst durch die Abgesandten aus den vermeintlichen Zentren der Kultur – aus Spanien, Frankreich, den Niederlanden, Portugal, Deutschland ... – wurden Sklaverei und Völkermord zum Instrument einer geradezu apokalyptischen Geschäftspraxis. Selbst der als *Schlächter von Afrika* in die Geschichte der Barbarei eingegangene ugandische Diktator Idi Amin Dada hatte sein Handwerk als Offizier der britischen Kolonialarmee gelernt, bis er sich neben seinen militärischen Rängen *Sergeant-Major* und *Warrant-Officer* auch den Titel eines *Herrn aller Tiere der Erde und aller Fische der Meere* zulegte und mehr als vierhunderttausend Untertanen töten ließ.

Wo immer europäische Missionare und Landräuber erschienen, suchten und fanden sie nicht nur Kollaborateure und Erfüllungsgehilfen vor Ort, sondern deformierten sie ganze Regionen, ihre Kultur und ihre Traditionen bis zur benötigten Mißgestalt, zogen Grenzen mit dem Lineal quer durch Sprachräume und Stammesgebiete und schufen so alle Grundlagen künftiger, noch weit über die Befreiungen von den jeweiligen Eroberern hinausreichende Feindschaften und Bürgerkriege.

Die Ahnengalerie von europäischen *Entdeckern,* von

Gouverneuren, Handelsherren und Sklavenhändlern und mit ihnen ein unüberschaubares Heer von sogenannten Handlungsreisenden und Landvermessern, tatsächlich aber bloßen Erfüllungsgehilfen der Vernichtung, führt durch Jahrhunderte hinab und zeigt etwa die Porträts von segelnden Schweinehirten wie den estremadurischen Analphabeten Francisco Pizarro González, den Zerstörer des Reiches der Inka, und seinen in jeder Hinsicht Bluts- und Gesinnungsverwandten Hernán Cortés, den Zerstörer des Aztekenreiches.

Aber selbst aus den schwärzesten und blutigsten Zeiten führt diese Galerie immer wieder und über das neunzehnte und zwanzigste Jahrhundert bis in die Gegenwart und zeigt uns Reiterstandbilder wie das des belgischen Königs Leopold II. aus dem Haus Sachsen-Coburg und Gotha, der in den wenigen Jahren, in denen er den Kongo, ein Land von der vielfachen Größe Belgiens, als sein Privateigentum betrachtete, für den Tod von mindestens zehn Millionen Menschen verantwortlich war. Es gibt auch Schätzungen, die zwanzig Millionen Tote zählen.

Leopold und seine Geschäftsfreunde ließen den als Geiseln genommenen Frauen und Kindern von Zwangsarbeitern, die das oft unerfüllbare Tagessoll auf den belgischen Kautschukplantagen selbst um den Preis tödlicher Erschöpfung nicht erfüllen konnten, Hände und Füße abhacken und die Gliedmaßen räuchern und einsalzen, damit sie als Drohung und Zeichen des Schreckens auf dem frühmorgendlichen Weg zu den Plantagen gezeigt werden und verzweifelte Arbeitswut erzwingen sollten.

Die Bilderdienste des Internets zeigen immer noch eine Schwarzweißfotografie aus jenen frühen Tagen des zwanzigsten Jahrhunderts, auf der ein in sich versunkener, dünner, halbnackter Mann auf den vor ihm liegenden, abgehackten Fuß und die abgehackte Hand seiner Tochter starrt.

Möglicherweise steht Leopold II., der Reiter von Brüssel, immer noch an seinem Ort, weil unter seinem Schreckensregime die Aktie der *Anglo-Belgian Indian Rubber Company* von viereinhalb auf eintausend Pfund stieg? Das entspricht einem Profit von mehr als zweiundzwanzigtausend Prozent.

Europa! Sollte es tatsächlich ein Sinnbild der europäischen Gegenwart sein, daß das Denkmal eines königlichen Mehrheitsaktionärs am Rand des Brüsseler Schloßparks und im Herzen der Europäischen Union immer noch in den Himmel ragen darf?

Gewiß, es war stets lächerlich, und es wird immer lächerlich bleiben, der Kunst im Allgemeinen und der Literatur im Besonderen Aufgaben zuzuweisen, Themen, um die sie sich annehmen und die sie darstellen und im Sinn der Aufklärung als Programm der Menschlichkeit verbreiten soll.

Aber wenn Literatur, wenn die Erzählung imstande ist, die Vorstellungskraft vom Glück, von den Sehnsüchten und vom Leiden jener *anderen*, die sowohl in unserer nächsten Nachbarschaft als auch tief unter unseren geographischen wie kulturellen Horizonten leben, zu fördern und damit eine Basis zu schaffen für das Verständnis des Fremden, dann sollte die europäische Literatur – wenn es denn so etwas überhaupt geben kann – zumindest gelegentlich Brücken schlagen zwischen der nächsten Nähe und dem scheinbar Fernsten, dem Vertrauten und dem Rätselhaften und, ja, auch zwischen dem eigenen Reichtum und dem Elend, das diesen Reichtum erst möglich werden ließ.

Wenn Menschheitskatastrophen, deren Ausmaße gegenwärtig nur als Alpträume vorstellbar sind, verhindert oder wenigstens gemildert werden sollen, dann wird es nicht mehr genügen, jene Welt, die auch nach der letzten Zählung immer noch die Dritte heißt, mit lächerlichen Almosen zu bedenken, sogenannten Entwicklungshilfen, die in Wahrheit über raffinierte Finanzierungsinstrumente zumeist doch wieder auf europäische Konten zurückfließen, sondern dann müßte der Reichtum dieser Welt endlich und tatsächlich gestreut werden, nicht in Form von Almosen, sondern von menschengerechteren Löhnen und gerechten Preisen, und das heißt auch: Es müßten Verhältnisse abgeschafft werden, in denen eine Handvoll Unersättlicher, etwa von der geistigen Beschränktheit und grotesken Infantilität eines amerikanischen Präsidenten und seiner europäischen Geschäftsfreunde, fast alles – und der Rest der Welt, der nicht notwendigerweise klüger ist als irgendein Barbar im Weißen Haus, fast nichts besitzt.

Eine unfromme Hoffnung, gewiß. Denn wer von uns wollte tatsächlich und leichten Herzens wenigstens auf einen Teil des Luxus verzichten, der uns in unterschiedlicher Üppigkeit selbstverständlich wurde – etwa auf Zweit-, Dritt- und Viertautos, auf Zweit-, Dritt- und Viertwohnungen und entsprechende Häuser? Auf mindestens Drei- bis Fünfsternhotels und billige Langstreckenflüge, auf Ströme von kostbarem, klarem Trinkwasser selbst in unseren Toiletten! Und stimmen wir denn nicht an jeder Zapfsäule auch über Ölkriege ab, die zur Förderung unserer Sonntagsausflüge und Fahrten ans Meer auf den Schlachtfeldern des Mittleren Ostens und wo immer sich der Treibstoff für unsere Mobilität findet, geführt werden?

Im sogenannten Zeitalter der Entdeckungen, einer Zeit des tatsächlich ins Unermeßliche wachsenden europäischen Reichtums, starben fast dreiundzwanzig Millionen der indigenen Bewohner Mexikos und Mesoamerikas. Der von Europäern betriebene Sklavenhandel vom sechzehnten bis zum neunzehnten Jahrhundert verschleppte dreißig Millionen, nein!, sagen realitätsnähere Statistiker: es waren einhundert Millionen Opfer. Übereinstimmung in dieser klaffenden Berechnungsschere herrscht nur darüber, daß ein Drittel der aus Afrika verschleppten Sklaven das Ziel jedenfalls nicht lebend erreichte. Die Staupläne der Sklavenschiffe zeigen Decks so niedrig, daß die dort Angeketteten nur liegend transportiert werden konnten – Tote, Sieche, Verzweifelte und Verwesende nebeneinander, bis vor norddeutschen, dänischen, englischen, französischen, spanischen oder niederländischen Zielhäfen die Ketten gelöst und die Toten ins Meer geworfen wurden. Allein in Nantes, einem der größten Umsatzhäfen des Menschenhandels, wurde in den Jahren der Sklaverei die Fracht von eintausendvierhundertsechsundvierzig Sklavenschiffen gelöscht.

Vergangenheit? Das sei doch alles längst vergangen? Die Toten sind immer noch tot. Und auch der ihre Würde, ihr Glück und ihr Leben fordernde Reichtum und Wohlstand dauert an.

Daß Nordamerika über einen Genozid in den Besitz europäischer Siedler geriet, ist zum Sujet heroischer Erzählungen aus einem *Wilden Westen* geworden, aber nur im Ausnahmefall zur Anklage. Die brachiale Verwandlung von Stammesgebieten in die von europäischen Wirtschaftsflüchtlingen gegründeten *Vereinigten Staaten von Amerika* forderte zehn, auch hier sagen andere: zwanzig Millionen Tote.

Aber um mehr oder weniger Tote hat sich das segelnde und handeltreibende Europa nie gekümmert. Wer sein Leben verlor, wurde ersetzt. Starb auch der Ersatz, wurde die Menschenjagd weiter befeuert. Und was in den Zeiten europäischer Missionen als göttlicher Auftrag galt, sollte bis in die Gegenwart von Konzernen wie Unilever, Nestlé oder Monsanto fortgeführt werden, Monsanto!, dem Lieferanten für alle Arten von Pflanzengiften und gentechnisch verunstaltetem Saatgut, erst unlängst verschluckt von der seit den Hitlerjahren mit Zwangsarbeit vertrauten Bayer AG. Monsanto. Was für ein Name für einen Konzern, der während des Vietnamkrieges als Lieferant des Entlaubungsmittels *Agent Orange* und bis heute Generationen von Verkrüppelten das Licht einer desinteressierten Welt erblicken ließ und der das Wasser, die Felder und Gärten dieser Erde in einem Ausmaß vergiftet hat, das am Ende der Tage vielleicht mit jenem Regen aus Feuer und Schwefel verglichen werden wird, der Sodom und Gomorra vom Antlitz der Erde gebrannt hat.

Wenn es nicht die von den Künsten Europas, seinen Natur- und Geisteswissenschaften und seiner Philosophie entzündeten Lichter gäbe und dazu den tröstlichen Schein von Bastionen der Menschlichkeit wie *Ärzte ohne Grenzen,* das *Rote Kreuz* oder *Amnesty International*, bliebe für diesen Kontinent in weltgeschichtlicher Hinsicht vielleicht nur noch ein Name: das Herz der Finsternis.

(Der Vollständigkeit halber sei hier aber auch angemerkt, daß selbst einer der größten Menschenfreunde der europäischen Geistesgeschichte, Monsieur François-Marie Arouet, der als *Voltaire* weltberühmt wurde, sein Vermögen mit mehr als eintausend Prozent Gewinn in Aktien des Sklavenhandels angelegt hatte.)

Die von einer immerhin möglichen europäischen Literatur gelieferte Ahnung vom Leben, vom Glück und Leiden der *anderen* könnte nicht nur zumindest einigen Opfern der Alten Welt ein Gesicht, einen Namen und vielleicht die Erinnerung an ein Leben zurückgeben, sondern könnte ebenso einige Leser oder Zuhörer im besten Fall immunisieren gegen die barbarischen Predigten, die nun als Programme europäischer Politik von Regierungsbänken herab verkündet werden: Bildungs- und oft auch ausbildungsferne Minister und Kanzler, beispielsweise in Warschau, in Wien, Budapest, Rom oder Prag, die ihre persönlichen Karrieren und ihre monströsen Parteiapparate zumeist nur aus Steuermitteln zu finanzieren vermochten, beanspruchen den auf fremden Rücken gewonnenen eigenen Wohlstand und den ihrer Gesellschaften als politische Leistung und sind stolz, Flüchtlingen aus geplünderten Rohstoffgebieten Rettungswege abgeschnitten und den Zugang zum jeweils gelobten Land mit Stacheldrahtverhauen und Tränengas verwehrt zu haben. Nein, vor den Flüchtlingszügen des einundzwanzigsten Jahrhunderts weicht das Meer nicht zurück und erhebt sich nicht zu Wassermauern, sondern es schlägt über den Hilfesuchenden zusammen.

Europa ... Was für ein schöner und was für ein trauriger Name – nach der Mythologie der Name einer phönizischen Prinzessin, die von Zeus, der ihretwegen die Gestalt eines verspielten, weiß-wolligen Stiers annahm und das Mädchen auf seinem Rücken nach

Kreta entführte und dort – nach heutiger Lesart – vergewaltigt wurde. Unter den drei Söhnen, die Europa fern ihrer phönizischen Heimat gebar, war auch Minos, der spätere Herr über das Labyrinth von Knossos, in dem die Bestie Minotauros dahin und dorthin rasen sollte.

Daß an die Entführte und Vergewaltigte von der Europäischen Zentralbank erinnert wird, indem ihr Bild als Wasserzeichen und als Hologramm auf Euro-Noten in hauchzarten Linien erscheint, legt die Vermutung nahe, daß Banknoten die einzigen Papiere sind, die im europäischen Nationalbewußtsein eine Art von Erinnerung wachrufen können.

Ach, Europa. Was für eine zauberische, betörende Utopie: ein Kontinent der friedlichen Völker und des Zusammenströmens verschiedener Kulturen, ohne Grenzbalken, ohne Kriege, ohne die Seuche des Nationalismus und rassistischen Wahn. So begeisternd dieser Traum auch war – er ist zuschanden geworden an der Gedankenschwäche und an der Gier seiner regierenden Eliten und ihrer Wähler. Europa oder das, wofür der Name einer Prinzessin einmal stehen sollte, wird möglicherweise zugrundegehen an der nationalistischen Vernagelung, an der Vergeßlichkeit und Mitleidlosigkeit der Mehrzahl seiner Bewohner. Und die europäischen Selbstzerfleischungen in einst dreißig Jahre dauernden, am Ende aber durch die ganze Welt rasenden Kriegen des zwanzigsten Jahrhunderts sind möglicherweise nicht nur Abgründe der Vergangenheit, sondern auch der Zukunft. Der Brüsseler Massenmörder auf seinem Roß ist mein Zeuge.

Wie schön und besänftigend war es doch, im Ruwenzori-Gebirge eine einzige zuversichtliche, freundliche Stimme auf dem Weg durch die Erinnerung zu hören – in jenem Regenwald, in dessen nebelige Höhen uns die Zoologin führte, nachdem wir unser Gefährt wieder flottgemacht und trotz einiger Warnungen, in der Gegend von Kasese wüte ein Stammes- und Bürgerkrieg, der in den vergangenen Wochen fast hundert Tote gefordert hatte, ins tiefe, tropfende Grün hochgestiegen waren.

Natürlich hatten wir vor unserer Weiterfahrt dem Mädchen im gelben Kleid angeboten, sie und ihre Last ans Ziel zu bringen. Aber sie hatte sich, bis wir unser Fahrzeug wieder bestiegen, mit ihrem Kanister schon ein Stück weitergekämpft und drehte sich auf unseren Zuruf nur kurz um. Sie wollte nicht. Wer die Weißen nicht fürchtet, sagte ein Wildhüter Stunden später am Ausgangspunkt unseres Weges ins Gebirge, wer die Weißen nicht fürchtet, der kennt sie nicht.

Niemand, dämpfte die Zoologin unsere Erwartungen, niemand könne mit Sicherheit sagen, wo die Gorillaclans sich auf ihrer Nahrungssuche gerade aufhielten. Vielleicht würde also dieser Tag für unsere Suche nicht ausreichen. Aber nach Stunden des Aufstiegs, in Regengüssen und über schlammige Steilhänge, hielt sie plötzlich inne und legte einen Finger auf ihren Mund. Wir waren angekommen: Als sie einen dichtbelaubten Zweig zur Seite und aus unserer Sicht bog, standen wir kaum drei Meter entfernt vor der größten Affenart dieser Welt, einem Silberrücken.

Der Gorilla saß ruhig da, rupfte weiter Blätter von dem Zweig, blickte uns an und wandte seinen Blick nicht von uns, als wir vor ihm auf die Knie sanken. (Wir konnten ihn kniend einfacher fotografieren.) Und nach und nach zeigten sich vier, fünf, schließlich neun Mitglieder des Clans, die bis dahin ebenso unsichtbar im Buschwerk verborgen gewesen waren wie der erste und größte von ihnen.

Wie lange, wie lange! hatten wir in den Tagen davor in einer Wildhüterstation die sanften, an ein melodisches Grunzen oder ein tiefes, menschliches Räuspern erinnernden Laute geübt, die unter Gorillas als Zeichen des Vertrauens und freundlichen Interesses galten. Und wir auf unseren Knien, nachdem unser Herzschlag sich beruhigt hatte und wir zu dem Silberrücken mehr wie Untertanen als Besucher aufsahen, versuchten, die Lehren der Wildhüter anzuwenden und grunzten und knurrten und räusperten uns im Bemühen, die Sprache unseres Gastgebers zu imitieren und ihm unsere friedlichen Absichten mitzuteilen.

Wir sollten unsere Bergstöcke in den Busch legen, flüsterte unsere Führerin, Gorillas, selbst wenn sie noch nie unter der Jagd gelitten hätten, seien durch ihre Überlieferung gewarnt und sahen Gewehre, wenn sie Stöcke sahen.

Gewiß hörte der Silberrücken unseren unbeholfenen, europäischen Akzent, den Akzent jener hellen, wässrigen Wesen, die seinesgleichen gejagt, erschossen und geköpft, die teerschwarzen Hände abgehackt und als in Salz gelegte Trophäen in ferne Hauptstädte der Kultur exportiert hatten, um sie dort präparieren zu lassen und an die Wände muffiger Landsitze zu nageln.

Aber dieser Gorilla, während seine Gefährten sich knackend und raschelnd wieder ins Dickicht zurückzogen, hörte unserem Grunzen fast nachsichtig zu. Sah uns an, so lange und so tief hinab in unsere Seelen – oder was immer Europäer in der Brust tragen –, daß wir mit einem Mal ganz die Seinen waren. Und er zupfte mit seinen großen Händen langsam ein zierliches Blatt vom Zweig und noch eines und führte es zum Mund und erhob, nein: senkte plötzlich seine Stimme und ließ uns jenen Laut hören, den wir vergeblich nachzuahmen versucht hatten. Er räusperte sich. Er grunzte sanft. Und das bedeutete, so hatten wir es von den Wildhütern gelernt: *Es ist gut. Alles ist gut.*

Erzählt zur Verleihung des Würth-Preises für Europäische Literatur.
Künzelsau, am 28. Mai 2018.

Eine Zierde für den Verein

Wenn wir einander von Büchern erzählen, von Romanen, Geschichten oder Gedichten, die uns bewegt, vielleicht sogar erschüttert haben, dann geraten wir seltsamerweise oft in Verlegenheit, wenn wir Einzelheiten aus *unserem* Buch beschreiben oder aus dem bewunderten Werk zitieren, bloß einen Satz, eine einzige Zeile zitieren oder eine Szene der Handlung einigermaßen genau nacherzählen sollen.

Und wie lautete doch gleich der Titel unseres Buches? Tatsächlich? Sind wir uns sicher?

Manchmal können wir uns selbst an die Namen des Personals dieser einen, bewegenden Geschichte nicht mehr mit Bestimmtheit erinnern, von der wir doch sagen, sie sei uns zu Herzen gegangen. Und wenn, nur ein Beispiel, drei oder fünf oder mehr von uns über ein und dasselbe zauberhafte Werk sprechen, schwärmen von ein und demselben Roman, dann beschleicht einige Zuhörer, die uns zu folgen versuchen, möglicherweise das Gefühl, hier würde über drei oder fünf oder mehr verschiedene Bücher gesprochen, ja über eine kleine Handbibliothek und nicht bloß über ein einziges Werk.

Aber seien wir dankbar für diese rätselhafte Vervielfältigung, die manchmal kaum weniger wunderbar erscheint als die Vermehrung von Fischen und Broten an jenem *Harfensee*, auch *See Genezareth* genannten, ehemals fischreichen Gewässer in einer Schrift, die wegen solcher und ähnlicher Geschichten als *heilig* verehrt und gelesen wird. Denn wann immer und wo immer wir ein Buch zur Hand nehmen und darin zu lesen beginnen, setzt ein Prozeß der Verwandlung ein. Wir erkennen – wenn wir denn lesend überhaupt etwas zu erkennen vermögen – in einzelnen Passagen, Sätzen, Personen, nicht nur Momente des eigenen Glücks oder Unglücks wieder, sondern verwandeln uns das Gelesene an, machen so eine uns fremde Geschichte unter Umständen und irgendwann spätabends in unserem Bett oder in einem Hotelzimmer, auf einer nächtlichen Bahnfahrt oder wo immer wir uns in ein Buch vertiefen, zu unserer eigenen. Und später, später erzählen wir, was uns als Leser begeistert oder empört hat, nicht bloß *nach,* sondern bringen das Gelesene noch einmal und in unseren eigenen Worten zur Sprache. Auch wenn wir dabei möglicherweise Namen und Ereignisse verwechseln oder verzerren, ohne uns dessen bewußt zu sein, bleiben wir doch überzeugt, so oder zumindest so ähnlich habe alles auch in unserem Buch stattgefunden.

Und das ist gut so. Denn nur durch diese Verwandlung durchdringt der Urstoff eines Sprachkunstwerks nicht allein unser Verständnis und die ohnedies trügerische Erinnerung, sondern sinkt hinab an den Grund unserer Herzen, dorthin, wo Definitionen, Zahlen, Bestimmungen und Namen ihre begrifflichen Hüllen wieder abstreifen und zu jenem schwerelosen Stoff jenseits aller Logik und Grammatik werden, aus dem nicht bloß unsere Träume …, sondern, ja, nennen wir es probeweise und an dieser besonderen Stelle einfach: aus dem unsere Seelen sind. In manchen Fällen scheint etwa das Thema, der Titel eines Buches bereits wie eine Ahnung über unserem Leben zu schweben, noch bevor wir auf das entsprechende Werk in einer Bibliothek, einer Buchhandlung oder in jenem alles umspannenden virtuellen Netz gestoßen sind, in dem sich mittlerweile so gut wie jeder Gedanke irgendwann verfängt.

Um ein einfaches Beispiel für eine solche Verwandlung und ihren Zauber zu geben, erzähle ich also von einem Buch, einem Roman, dessen Titel ich jahrelang keinem Dichter und keiner Dichterin, sondern dem Bäckermeister jenes Dorfes im oberösterreichischen Alpenvorland zugeschrieben habe, in dem ich meine Kindheit und Jugend verbrachte. Dieses damals noch von bäuerlichem Leben bestimmte Dorf, dessen südlichen, südwestlichen und südöstlichen Horizont Bergketten begrenzen, die *Totes Gebirge* und *Höllengebirge* heißen, liegt unweit eines Wasserfalls und durch Auwälder mäandrierenden Flusses, an dessen Ufer sich der Bäckermeister nach seiner nächtlichen Brotarbeit und folgenden Zulieferfahrten über Weiler und entlegene Gehöfte in den Sommermonaten unter seltsamen, schnarchähnlichen Lauten des Wohlbehagens einseifte und dann – einem schäumenden, fliegenden Schneemann in gestreifter Badehose ähnlich – einen Kopfsprung ins tiefgrüne Wasser vollführte, zum Flußgrund hinabtauchte und für lange, endlose Sekunden nur einen Schwarm von Seifenflocken an der Oberfläche hinterließ, so, als wäre er wie Ikarus aus weißen Wölkchen in die Tiefe gestürzt und dort für immer verschwunden. Ich bewunderte ihn.

Der Bäcker galt im Dorf als ein Mann des Fortschritts, aber vor allem: des Sports. So gehörte er zu den wenigen Besitzern eines Autos, dessen verschiedene Modelle er in regelmäßigen Intervallen und in aufsteigender Ordnung erneuerte, aber niemals in den Dienst von Brotlieferungen stellte. Vom *Opel Kadett* über einen *Opel Kapitän* bis zum *Opel Admiral* dienten diese in Meerblau gehaltenen *Kraftwagen* allein familiären Sonntagsausflügen und Wallfahrten zu den Opferstätten des Sports, während das frischgebackene Brot in einem Kleinbus von *Volkswagen* ins Revier geliefert, *ausgefahren* wurde.

Für mich noch eindrucksvoller als diese blaue Flotte war allerdings ein Fernsehgerät im Bäckerhaus, auch das damals nur eines von insgesamt dreien im Dorf, das dem Bäcker und seinen ungeladenen, aber zur Nachrichtenzeit stets geduldeten Gästen einen Blick auf die großen Sportarenen, Fußballplätze, Lauf- und Schwimmbahnen dieser Welt ermöglichte.

Dieses von Rekorden und Höchstleistungen flimmernde Fenster befeuerte die sportliche Leidenschaft des Bäckers jedenfalls so sehr, daß er irgendwann auch in seinem Sohn einen kommenden Helden des Schilaufs sehen wollte und begann, ihn nach ersten ermutigenden Erfolgen auf lokalen Steilhängen im Opel Admiral in entsprechende Trainingslager zu chauffieren. Selbst im Hochsommer mußte sein Hoffnungsträger zur Ertüchtigung auf die Gletscher des Dachsteingebirges, von dessen Schneefeldern es hieß, sie seien *ewig*. Unser Dorf und mit ihm das ganze Land sollten irgendwann in der Glorie eines Slalomläufers erglänzen, der sein Brot, ja sein *Gold* nicht mehr am schweißtreibenden Backofen, sondern auf den eisigen Hängen Olympias verdiente.

Als der bis zu gelegentlichen Verzweiflungsanfällen trainierte Bäckerssohn, damals mein Freund und Nachbar, an einem Sonntag im Hochwinter tatsächlich auf allen drei Bildschirmen des Dorfes erschien und als jüngstes Mitglied der Nationalmannschaft mit einer astronomisch hohen Startnummer durch dichtes Schneetreiben vom Startgatter weg ins Verschwinden fuhr – ins Verschwinden auch was den ersehnten Weltruhm anbelangte –, begann sich das wintersportliche Interesse seines Vaters zunächst unmerklich, dann unaufhaltsam auf den zwischen Weizen- und Zuckerrübenfeldern neu angelegten Fußballplatz des Dorfes zu verlagern.

Ich gehörte damals zunächst bloß zu jenen jugendlichen Helfern, die ein ballgerecht planiertes Feld mit Heurechen von Steinen zu säubern und dann entlang künftiger Rasenflächen Gruben auszuheben hatten für die Wurzelballen jener – mittlerweile turmhoch aufgewachsenen und wegen ihrer brüchigen Größe längst wieder gefällten – Reihe von Pappeln, die selbst den weitesten und höchsten Paßbällen in dieser Zone der vorherrschenden Westwinde Windschutz und Flugruhe verschaffen sollten.

Der Bäcker wandte also den bis tief ins Frühjahr verschneiten Gipfeln des Höllengebirges und Toten Gebirges und insgesamt dem Schnee den Rücken zu und wurde Trainer der neugegründeten Jugendmannschaft des Dorfes, in der ich schließlich trotz fehlenden Talents, aber begeistert von der Vorstellung, in einer *Dressen* tragenden Mannschaft als Verteidiger Gegentore zu verhindern suchte, Tore, wie sie mein jüngerer Bruder als tänzerischer, trickreicher Mittelstürmer in nahezu jedem Spiel für uns erzielte.

Auch wenn der Auftritt unseres nach den Erkenntnissen des Bäckermeisters geformten Teams gelegentlich für Gelächter sorgte – wir wurden zu Auswärtsspielen vom Fleischer des Dorfes, einem Sportsfreund des Trainers, in einem offenen Lastwagen transportiert, in dem ansonsten nur Schlachtvieh von den Bauernhöfen auf seinen letzten Weg gebracht wurde –, war doch allein die Tatsache, daß wir alle aufgenähte Nummern an unseren Dressen trugen, der Beweis, daß wir die Arena des Sports und damit möglichen

Ruhms unwiderruflich betreten hatten. Das Stroh aus dem Viehwagen, das sich da und dort an unseren Trikots festhakte, verlor sich zwar in den ersten Minuten eines Spiels, der eindeutige Geruch brauchte zur Verflüchtigung etwas länger.

Das folgende Drama geschah allerdings während eines Heimspiels an einem feuchtkalten, spätherbstlichen Tag, an dem meine Mannschaft vor neun oder zehn Zuschauern, alle Verwandte der Spieler, bei leichtem Nieselregen, Nebel über den frisch gepflanzten Pappeln und auf morastigem Grund, der unsere Sturmschritte schmatzend hörbar machte, ein schicksalhaftes Meisterschaftsspiel zu bestehen hatte. Schicksalhaft, weil wir damals in der Tabelle an einer der letzten Stellen lagen und das Gerücht ging, der Allerletzte müsse nach neuesten Regeln für unsere Spielklasse, der letzten aller Klassen, in der kein weiterer Abstieg mehr möglich war, ein fußballfreies Jahr lang pausieren.

Mein stürmender Bruder hatte in diesem Spiel jedenfalls bereits zwei Tore erzielt, die von unseren Gegnern aber beide wieder ausgeglichen worden waren – schon das ein tiefer Schatten über meinen defensiven Anstrengungen –, als ein langer und immer länger werdender Steilpaß wie im Windschutz der noch kaum mehr als strauchhohen Pappeln in die von mir verteidigte Hälfte des Spielfeldes flog und flog und – wie einst der bethlehemitische Besenstern drei Könige aus dem Morgenland – einen gegnerischen

Angreifer hinter sich herzog. Es gelang mir zwar, vor ihm am nassen, schweren Ball zu sein, ich rannte in Ermangelung anderer technischer Fähigkeiten dann aber verfolgt von diesem Stürmer, den ich bereits als meinen Feind empfand, auf das eigene Tor zu. Dort stand unser Schlußmann Max. Was tun? Eine schnelle Drehung mit einem darauffolgenden Befreiungsabschlag überstieg meine technischen Fähigkeiten. Max mußte, Max würde helfen.

Aber der durchtränkte Lederball mit dem Gewicht eines Steins mußte mit gehöriger Kraft aus dem Morast geschlagen werden, wenn er nicht dem Feind vor den Lauf kollern sollte. Und mit einem mehr als Hilfe- denn als Zuruf gebrüllten *Max!* schlug ich den Ball in Richtung Tor und für den armen Schlußmann unhaltbar – Torleute unserer Altersgruppe trugen schließlich oft noch Kinderschuhe – unter die Querlatte. Eigentor. Es war der entscheidende Treffer. Wir verloren das Spiel mit dem Schlußpfiff wenige Minuten später und sollten die Herbstsaison als Tabellenletzter beenden. Jubel gab es in diesen tragischen Augenblicken nur *auf* dem Feld – von den siegreichen Feinden, von denen mir einige zu meiner Demütigung auch noch auf die Schulter klopften.

Am Spielfeldrand war im Augenblick des Verhängnisses alles still geblieben, so still, als wären nicht bloß neun oder zehn Zuschauer, sondern Tausende, ein ganzes Stadion, vor Entsetzen verstummt. Und aus dieser eisigen Stille platzten nun die Flüche und

Schimpfworte des Bäckermeisters wie ein akustisches Feuerwerk, das auch nach dem Schlußpfiff nicht verstummte. Der empörte Bäckermeister konnte nicht warten, bis ich mit meinen schweigenden Mitspielern den Spielfeldrand erreicht hatte, sondern lief uns, lief mir entgegen und eskortierte mich unter vielfältigen Verfluchungen und der dringenden Empfehlung, ich sollte niemals, niemals wieder einen Fußballplatz betreten, ans Ende meiner sportlichen Karriere. Und dann, noch bevor wir die erst im Rohbau befindlichen Umkleidekabinen erreichten, sagte er, zunächst noch mir zugewandt, dann wieder und wieder halblaut vor sich hin: *Eine Zierde für den Verein.* Eine Zierde für den Verein.

Ich sei eine wahre Zierde für den Verein.

Es dauerte noch lange, mehr als ein Jahrzehnt, bis ich den Halbsatz des Bäckers endlich Marieluise Fleißer und ihrem einzigen, virtuosen Roman zuordnen konnte. Woher der Trainer den Wortlaut seines Urteils über meine fußballerischen Leistungen bezogen hatte, habe ich nie erfahren. Ich kann mir den Sportbegeisterten als einen Leser von Fleißers Werk nur schwer vorstellen. Aber wie gesagt: Fragmente der Dichtkunst sinken als federleichter Urstoff manchmal auch ins öffentliche und selbst *bildungsferne* Bewußtsein hinab, werden zu geflügelten Worten und lassen sich dann als Titel selbst auf Sportseiten oder über Klatschkolumnen nieder wie Zugvögel, ohne daß die jeweiligen Überschreiber eine Ahnung vom Ursprung ihrer Überschriften hätten.

Ich erinnere mich aber an meine Erleuchtung, als mir ein Germanistikdozent der Universität Wien kurz vor meiner bereits im zweiten Semester vollzogenen Abwanderung aus der Literaturwissenschaft zur Philosophie, Astronomie und Völkerkunde *Eine Zierde für den Verein* als den aktuellen Titel eines der großen Erzählwerke der Moderne nannte. Er sei 1931 als *Mehlreisende Frieda Geier* und einziger Roman Marieluise Fleißers erschienen und von den Hunnen des Dritten Reichs verboten worden.

Und als ich dann dieses vermeintlich von einem Bäcker überschriebene Buch endlich las, begann ich den feuchtkalten Fußballplatz, den Morast, die bereiften Pappeln und meine Schmach allmählich in einem milderen Licht zu sehen – auch wenn der Held der Handlung kein Fußballspieler, sondern ein Zigarren und Zigaretten verkaufender, unglücklich liebender Sportschwimmer war, über dessen Berühmtheit es hieß: »Die Bewunderung hat den populären Sohn seiner Stadt wie einen Zwiebelschößling in sieben Häute gewickelt. Eine Haut nach der anderen fiel ab, heute die letzte. Er merkt es erst, als sie ihm fehlen. Ihn fröstelt. Merkwürdig leer ist es um ihn geworden.«

Fleißers Erzählkunst verschaffte meinen eigenen, auf der Olympia-Schreibmaschine meines Vaters unternommenen lyrischen Versuchen so etwas wie Rückenwind, der meine Segel zwar nicht füllte, aber immerhin bewegte und mich so zu einer Kursänderung zwang: Wenn Prosa so lyrisch und Lyrik so erzählend sein konnte, dann schrieb ich besser keine Gedichte mehr. Dann wollte ich auch erzählen.

Die in der *Zierde für den Verein* zur Sprache gebrachte Liebesgeschichte zwischen dem sportbeseelten Schwimmer Gustl Gillich und seiner ihm in allen Belangen des Lebens, des Denkens und Herzens überlegenen Liebsten Frieda Geier begann tatsächlich, die Erinnerung an einen kalten Nebeltag im November und ein dramatisch verlorenes Spiel zu überglänzen. Lesend entdecke ich in diesem Werk Sätze wie: »Wenn sie über den Hof geht, setzen sich die Tauben auf ihre Stiefel und lassen sich tragen.«

Als Leser dieser Dichterin, auf deren Stiefelspitzen sich nicht nur Tauben, sondern Amseln, Stieglitze, Nachtigallen, Pirole, Eisvögel und Prachtfinken tragen lassen sollten, betrachtete ich die Schmach eines Eigentores in spielentscheidender Minute nach der Lektüre ihres tröstlichen Romans als getilgt.

Erzählt zur Verleihung des Marieluise-Fleißer-Preises. Ingolstadt, am 26. November 2017.

An der Bahre eines freien Mannes

Michael Kohlhaas, ein an seinem unerbittlichen Glauben an irdische Gerechtigkeit zugrunde gegangener Mann, den Heinrich von Kleist hoch über seine Zeit hinausgehoben und unvergeßlich gemacht hat, war mein Vater.

Gewiß, in den Urkunden meines Vaters, die ihn als unehelichen Sohn einer Schleusenwärterstochter auswiesen, stand ebenso wie in seinem von russischen Stempeln übersäten Reisepaß und stand auch in jenen Anklageschriften, in denen er der Veruntreuung und der Verleumdung beschuldigt wurde – und stand schließlich auf einem Haftbefehl, der ihn in das Gefängnis meiner Geburtsstadt einwies, noch ein anderer Name: Karl Richard Ransmayr. Aber nachdem ich als Schüler des Klostergymnasiums der Benediktiner im oberösterreichischen Lambach, kaum fünfzehn Kilometer von diesem Gefängnis entfernt, unter der Aufsicht und Anleitung eines melancholischen Deutschlehrers Heinrich von Kleists Novellen gelesen hatte, fand ich für meinen Vater, einen nach Kleists Worten »außerordentliche(n) Mann«, der »für das Muster eines guten Staatsbürgers« hätte gelten können, einen wahren und wie mir schien treffenderen Namen: Kohlhaas. Denn Kleist, war ich überzeugt, hatte nicht nur von einem im Kampf um sein Recht verzweifelnden Roßhändler erzählt, sondern gleichzeitig auch vom Leben meines Vaters und, ja, wie kaum ein anderer Dichter auch von meinem eigenen Leben. So wie die Liebenden aller Zeiten und Epochen im Grund ihrer Herzen miteinander verwandt und vertraut erscheinen, sind wohl auch die Dinge, die sie tun und sagen, einander ähnlich – und ebenso erschienen mir damals auch die Verzweifelten, die Elenden und Enttäuschten quer durch alle Zeiten miteinander verbunden.

Kohlhaas, mein Vater, wurde in einem strohgedeckten, von Wasserstaubwolken umrauchten Haus an einem auf regionalen Karten als *Traunfall* verzeichneten Katarakt geboren, über den jahrhundertelang mit Steinsalz beladene Zillen aus den Bergwerken der Kalkalpen über ein labyrinthisches Kanalsystem in den Unterlauf des Flusses abgesenkt und an die Donau weitergeleitet wurden. Die Schleusenwärter, die Zufluß und Abfluß in diesem System über eine Reihe von Wassertoren zu regeln hatten, führten den Namen eines *Fallmeisters* und waren Herren über Leben und Tod. Denn wenn es nicht gelang, eine der tonnenschweren Salzzillen über die entlang von moosbewachsenen Felswänden geführte Kanaltreppe sanft in den Unterlauf des Flusses zu lenken, drohte den Bootsleuten Kenterung und Tod. Das Weißwasser unterhalb des Großen Falls schien selbst bei sommerlich tiefen Wasserstandsmarken zu kochen. Der Salztransport auf dem Fluß war allerdings längst eingestellt und der letzte Fallmeister seit Jahren in einem von Rheuma und Gicht zerquälten Ruhestand, als seine einzige Tochter zu seiner Schande zwei uneheliche, von zwei verschiedenen, niemals preisgegebenen Vätern, vermutlich Arbeitern in einer nahen Papierfabrik, stammende Kinder zur Welt brachte. Das ältere der beiden war Kohlhaas, mein Vater.

Unehelicher Sohn einer als Küchengehilfin in einem Lungensanatorium, später in einem Hotel namens *Schiff* am Ufer des Traunsees arbeitenden Fallmeisterstochter zu sein war ein nicht zu tilgender Makel. Tag für Tag, im Winter oft durch knietiefen Schnee, stieg mein Vater aus der Klamm, in der das *Fallmeisterhaus* im Tosen des Wassers hockte, einem Streifen Himmel über ihm entgegen und dann durch den Auwald zu jenem kilometerweit entfernten Dorf, in dem ich viele Jahre später meine eigene Kindheit verbringen sollte. Auch wenn es in diesem wie in allen Dörfern des Alpenvorlandes (und noch in meinen eigenen Schuljahren) ein böses Zeichen war, nur den Namen einer Mutter zu tragen, konnte mein Vater dieses Schandmal zwar nicht verleugnen, aber, zumindest manchmal, vergessen machen. Er war ein begabtes Kind. Gefördert vom Dorfpfarrer, später von nationalsozialistischen Parteigängern im Gemeinderat, die ihn an ein Gymnasium am Traunsee empfahlen, lernte er, luftige Aquarelle zu malen, Noten zu lesen, lernte Englisch, Latein, Griechisch und durch einen von Gogol, Turgenjew und Dostojewskij begeisterten Literaturlehrer in einem Freifach auch Russisch. Mit zunehmendem Wissen wuchs aber auch der Druck, nach vielen Seiten hin dankbar zu sein. Einem, dem trotz seiner beschämenden Herkunft so viel Gutes erwiesen worden war, mußten Hilfsbereitschaft, Demut, Gehorsam und Dankbarkeit zur obersten Pflicht werden. Kohlhaas ministrierte in Frühmessen, zu denen er sich um fünf Uhr morgens aufmachen mußte, weil der Weg lang war, entmistete Schaf- und Kuhställe, sammelte Roßkastanien für die Wildfütterung, schleppte Holz und Steine.

Aber als ihm die Ehre zuteil werden sollte, in eine Eliteschule der Nationalsozialisten aufgenommen zu werden, lehnte er so höflich es ihm möglich war ab. Und als er nach der mit Auszeichnung bestandenen Reifeprüfung aus seiner Ausbildung zum Lehrer ab- und zur Deutschen Wehrmacht einberufen wurde und dort eine Offizierslaufbahn einschlagen sollte, lehnte er wiederum ab. Auf meine Fragen nach seiner Vergangenheit und danach, wie ein von so viel Gutwilligkeit geförderter ehemaliger *Armenschüler* auf die glänzendsten Möglichkeiten seiner Zeit verzichten konnte, antwortete er: *Ich wollte unter diesen Leuten nichts werden.*

Nein, mein Vater war kein Mann todesmutigen Widerstandes. Aber daß er *unter diesen Leuten* nichts werden wollte, machte ihn zu einem der gerechtesten

Menschen meines Lebens. Er wurde – nein, sagte er, nicht zur Strafe, warum, das könne doch niemand mehr sagen – auf ein Minenräumboot der deutschen Kriegsmarine ins Schwarze Meer befohlen, wurde gefangengenommen, in ein Lager nahe dem zerstörten Sewastopol auf der Halbinsel Krim verbracht und mußte dort allen Neuankömmlingen aus deutschen Kriegsgefangenenzügen die Rede eines Lagerkommandanten aus Murmansk wieder und wieder übersetzen: Keiner von euch Hunden, schrie der Kommandant, keiner von euch Hunden wird seine Kinder, seine Frau, seine Heimat wiedersehen, bis nicht jeder Stein Sewastopols wieder an seinem alten Platz ruht und jedes erloschene Licht in den Fenstern der Stadt wieder leuchtet. Ihr Mörder, schrie der Kommandant, ihr Mörder erleidet hier nicht die Rache, die ihr verdient, sondern Gerechtigkeit.

Er habe den Kommandanten verstanden, sagte Kohlhaas. Sewastopol, das blühende Sewastopol, war im Kanonenfeuer deutscher Schlachtschiffe untergegangen. Zweimal, erinnerte sich mein Vater, wurde er von kriegsgefangenen Kameraden nach seiner Übersetzung solcher Begrüßungsreden verprügelt, einmal so schwer, daß er neun Tage in der Krankenbaracke des Lagers verbrachte und Blut erbrach. Wegen seiner Brauchbarkeit als Übersetzer kam er erst als Spätheimkehrer aus dem Krieg zurück.

Nachdem er seine pädagogische Ausbildung wiederaufgenommen hatte, Dorfschullehrer geworden war und meine Mutter geheiratet hatte, eine weichherzige Säuglingsschwester, die lange und am Ende vergeblich auf die Rückkehr eines im Krieg verschollenen Bräutigams gewartet hatte, reiste er, wann immer seine Ersparnisse es erlaubten, auf die Halbinsel Krim und nach Sewastopol und fand dort wohl auch eine Geliebte, die ihm zu Weihnachten großformatige, farbenprächtige Bildbände russischer Marinemaler schickte. Meine Mutter litt unter diesen Büchern, litt unter diesen Reisen, aber sie liebte diesen Mann. Denn welchen Sehnsüchten er auch immer folgte – er blieb nach allen Seiten dankbar und versuchte, dabei auch seine Frau und seine Familie zu ehren, so gut er konnte, schrieb selbst aus seinen Sewastopoler Ferien dicke Packen, mit Zeichnungen verzierte Liebesbriefe an sein *Marthele*, meine Mutter, zog im Winter seine vier Kinder auf Schlitten durch den Schnee, half ihnen beim Bau von Festungen aus Flußkieseln, Lehm und Moos oder schwamm mit ihnen durch die weißen Wirbel unterhalb des großen Wasserfalls. Ich durfte mich dann an seinen Schultern festhalten, und er wurde, nach seinen Worten, zum Walfisch, der mich auf seinem Rücken über alle Wirbel und Flußtiefen dahintrug.

Im Dorf war er geachtet. Er wurde Oberlehrer, sang Baßsolos in verschiedenen Chören und Balladen an Bunten Abenden, die er gestaltete, und übernahm schließlich, nachdem das Gehalt eines Lehrers für die große Familie nicht mehr reichte, eine im örtlichen

Kaiser-Franz-Joseph-Jubiläums-Lehrerheim untergebrachte, eher einer Kleinwohnung als einer Bank gleichende Zweigstelle der Raiffeisenkasse, deren Wappenspruch einmal *Einer für alle, alle für einen* gewesen war. »Nicht einer«, schrieb Heinrich von Kleist über meinen Vater, »nicht einer war unter seinen Nachbarn, der sich nicht seiner Wohltätigkeit, oder seiner Gerechtigkeit erfreut hätte …«

Ich erinnere mich an Abende und an die Stunden zwischen Sonntagsgottesdienst und Mittagessen, in denen Bittsteller an unserem Küchentisch saßen, etwa der verzweifelte Fleischhauer, der um die Existenz seines Ladens kämpfte, denen mein Vater gegen Handschlag Banknoten auf den Tisch zählte, Kredite, für die es, wie sich zeigen sollte, weder Bürgschaften noch Sicherheiten gab. Der Fleischhauer, ein Mann, bei dessen Anblick mich ein angstvolles Herzklopfen befiel, wenn er mir in seiner blutigen Schürze auf der Dorfstraße entgegenkam, war der erste Erwachsene, den ich an unserem Küchentisch weinen sah. Aber mein Vater verteilte nicht nur Geld, ohne Aufsichtsräte zu befragen, sondern verfaßte als stilkundiger Lehrer auch für Bauern, Handwerker, Gastwirte, Faßbinder und Schichtarbeiter Eingaben an die Baubehörde, Gesuche an die Gewerkschaft, an Kirchenbeitragsstellen, an das Bezirksgericht. Seine Nützlichkeit wurde schließlich so überzeugend, daß ihn die Ortsbauernschaft drängte, doch als Kandidat der christlichen *Volkspartei* für den Gemeinderat zu kandidieren.

Gegen die leidenschaftlichen Bitten und Beschwörungen meiner Mutter blieb mein Vater dankbar wie je, dankbar für die Achtung, die man ihm entgegenbrachte, für den Respekt, das Vertrauen, die Zuneigung, darunter gewiß immer wieder auch die Zuneigung von Hausfrauen, denen er leidenschaftliche Briefe schrieb, bevor er sie in den Flußauen an geheimen Nachmittagen traf. Er ging aus den Wahlen als stellvertretender Bürgermeister hervor. Und dieser Triumph war wohl eine der Bedingungen seines Unglücks. Denn der regierende, nun von einem Emporkömmling zur Rechenschaft gezogene Bürgermeister, Geistesverwandter einer von SS-Offizieren gegründeten politischen Bewegung, die im Österreich der Gegenwart, aber das nur nebenbei, als *Freiheitliche Partei* mit Abermillionen von Steuergeld die Schatten einer barbarischen Vergangenheit pflegt und dabei einem mythischen *Kleinen Mann* Gerechtigkeit widerfahren zu lassen verspricht, wußte mit Konkurrenz nichts anzufangen. Die üblichen, politische Parteien seit je mehr als jedes Programm beschäftigenden Kämpfe begannen und wurden mit den üblichen, der politischen Arbeit stets nachgeordneten Mitteln geführt – üble Nachrede, Beschimpfungen, Verleumdungen. Auf diesem Schlachtfeld mußte der regierende Bürgermeister nicht lange nach der Achillesferse des Emporkömmlings suchen. War es denn nicht allgemein bekannt, daß mein Vater Kredite am Küchentisch vergab? Daß im Dorf so gut wie alle Geschäfte per Handschlag gemacht wurden, sollte schließlich nur dort geduldet werden, wo keiner der Geschäftspartner irgendwo irgendwem im Weg stand.

Einer Anzeige des Bürgermeisters folgte jener Morgen, an dem zwei Polizeiautos mit flackerndem Blaulicht im Hof vor der Schule hielten und mein Vater von fünf Gendarmen wegen des Verdachts der Untreue verhaftet und ins Gefängnis verbracht wurde. Die Lokal- und Regionalzeitungen widmeten dieser Ungeheuerlichkeit mehrere Titelseiten in Folge. An einem der wöchentlichen Besuchstage, an denen Gefangene und Besucher einander unter uniformierter Aufsicht an von feuchten Händen und Tränen gefleckten Tischen gegenübersaßen, sah ich zum ersten Mal, wie meine Eltern sich innig küßten. Erst später, viel später erfuhr ich, daß die beiden dabei Kassiber austauschten, von denen ich zwei nach dem Tod meiner Mutter im Nachlaß finden sollte. Es waren Liebesbriefe, die keinerlei Anweisungen für das praktische Leben oder verbotene Absprachen enthielten.

Mein Vater verlor seine Stelle als Oberlehrer, verlor alle seine Funktionen in den Vereinen des Ortes und natürlich auch seinen Rang als stellvertretender Bürgermeister. Der einer langen Untersuchungshaft folgende Prozeß ergab zwar, daß der Schuldige bloß seine Befugnisse durch die Umgehung des – ohnedies uninteressierten, aus Landwirten und Handwerkern bestehenden – Aufsichtsrates überschritten hatte, ergab auch, daß alles verliehene Geld mit entsprechendem Gewinn für die Bank zurückbezahlt worden war und mein Vater sich dabei weder persönlich bereichert noch andere Vorteile bezogen hatte, aber nach dem Gesetz war der Tatbestand der Untreue erfüllt. Die Freiheitsstrafe war entsprechend mild und entsprach – möglicherweise als Vorbeugung gegen Entschädigungszahlungen – der Dauer der Untersuchungshaft.

Aber Kohlhaas, mein Vater, wollte zum ersten Mal in seinem Leben keine Nachsicht, auch keine Milde, sondern Gerechtigkeit. »Die Welt würde sein Andenken haben segnen müssen«, schrieb Heinrich von Kleist über meinen Vater, »wenn er in einer Tugend nicht ausgeschweift hätte«: seinem Rechtsgefühl.

Mein Vater weigerte sich, das Urteil anzunehmen. Hatte er sich denn nicht stets für seine Mitbürger eingesetzt, ohne dafür auch nur die geringste Gegenleistung zu fordern? Hatte er sich als Lehrer denn nicht an seinen freien Nachmittagen und auch in langwierigen Fällen ohne Entgelt um die Nachhilfe von Kindern angenommen, die auf den Höfen ihrer Eltern zur Stall- und Feldarbeit gebraucht wurden und denen, wenn sie am Morgen zur Schule kamen, noch das Heu oder Stroh ihrer schweren Arbeit aus den Kleidern stach? Und hatte man ihm nicht fünf, nein: sechs! Medaillen verliehen, nachdem er in Badesommern am Fluß von plötzlich rotierenden Wirbeln erfaßte Schwimmer unter Gefahr für sein eigenes Leben vor dem Ertrinken gerettet hatte?

Kohlhaas legte also Berufung ein. Dieser Einspruch beließ sein Verfahren aber in der Schwebe, was bedeutete, daß er bis auf weiteres nicht wieder in den Schuldienst, bis auf weiteres auch nicht wieder in sein altes Leben aufgenommen werden konnte. Berufung. Mein Vater war überzeugt, daß diese Entscheidung nur zu einem Resultat führen konnte, einem Freispruch. Nichts anderes würde er, nichts anderes konnte er annehmen.

Die Witwe eines Kohlenhändlers, die ihm vor dem Krieg als Frau versprochen war, die bei seiner späten Heimkehr aber längst verheiratet und nun erst wieder alleinstehend war, beschaffte ihm ein erstes Darlehen für die Kosten des Verfahrens. Kohlhaas nahm dazu Arbeit am Fließband in einer Großtischlerei, dann aber in einer der Papierfabriken am Fluß an – weil ihm nur dort fortwährende Nachtschicht erlaubt wurde. Er schlief tagsüber und fuhr mit einem Moped täglich, auch bei Regen und Schneefall, zur Nachtschicht um zweiundzwanzig Uhr, in die Finsternis. Er wollte im Dorf nicht gesehen werden und wollte auch niemanden sehen, bis sein Freispruch bestätigt sein würde. Ich erinnere mich an einen Alteisenhändler, der, auch dies nur nebenbei, mit einem Dichter namens Thomas Bernhard aus dem Nachbardorf gelegentlich Geschäfte machte, wenn der Dichter nach stilgerechten Ausstattungen für einen seiner Höfe suchte. Der Alteisenhändler, ein Parteifreund des regierenden Bürgermeisters und wegen einer Reihe fehlender Zähne an seiner

Aussprache selbst am Telefon zweifelsfrei erkennbar, rief monatelang und manchmal tiefnachts, wenn Kohlhaas am Fließband stand, in unserer Wohnung an und brüllte den Kindern des Angeklagten oder seiner Frau ins Ohr, ihr Mann, unser Vater, der verurteilte Dreckslehrer, sei ein Hurensohn und Verbrecher, den man nicht einsperren, sondern aufhängen sollte.

Heinrich von Kleist schrieb über diese Tage: »Es fehlte Kohlhaas ... keineswegs an Freunden, die seine Sache lebhaft zu unterstützen versprachen ... Gleichwohl vergingen Monate, und das Jahr war daran, abzuschließen, bevor er ... auch nur eine Erklärung über die Klage, die er ... anhängig gemacht hatte, geschweige denn die Resolution selbst, erhielt.«

Zu Kohlhaas' engsten Freunden, die sich als Feinde des regierenden Bürgermeisters verstanden, gehörten ein Bäcker, ein Fuhrwerksunternehmer und ein Gastwirt, Ehrenmänner des Dorfers, die ihm dringend empfahlen, doch nun seinerseits zweifelhafte Geschäfte des Bürgermeisters zur Anzeige zu bringen, sie würden das Material dazu liefern. War denn nicht mitten im Auwald, einer Flußlandschaft, in der neben anderen Orchideengewächsen selbst der seltene Frauenschuh gedieh, den die Himmelskönigin Maria auf ihrem Weg ins Paradies getragen haben sollte, gegen alle Naturschutzbestimmungen ein Tümpel voll Ölschlamm, giftiger Schlacke zum Vorteil einer Ölbohrgesellschaft entstanden? Und waren denn nicht Bauaufträge ohne Ausschreibung vergeben und Geistesverwandte mit Schotterlieferungen aus gemeindeeigenen Gruben bedacht worden?

Wie in den Jahren seines verlorenen Glücks war Kohlhaas auch diesmal bereit, Wohlmeinenden dienstbar zu sein, ging es doch nun auch um sein eigenes Schicksal. Er schrieb also einen Brief an die Behörde, listete darin die von den Freunden vorgeschlagenen zweifelhaften Unternehmungen des Bürgermeisters auf und blieb auf den Rat der Wohlmeinenden hin als Verfasser anonym. Wer würde denn, war ihm geraten worden, einem Angeklagten, der die öffentliche Aufmerksamkeit auf die Verbrechen eines anderen lenken wollte, Glauben schenken? Auch wenn der Bäcker, der Gastwirt und der Fuhrwerksunternehmer nicht leugnen wollten, daß der Untergang des Bürgermeisters auch ihnen Vorteile verschaffen würde, konnte es Kohlhaas doch nur nützen, wenn sein Ankläger nun seinerseits im Zwielicht erschien.

Die Behörde wollte die erhobenen Beschuldigungen zwar nicht bestätigen, konnte aber das Schreiben durch den vorliegenden Schriftverkehr zur Berufungsverhandlung diesem Kohlhaas zuordnen, der daraufhin der Verleumdung bezichtigt wurde. Die einflüsternden Ehrenmänner, Bäcker, Fuhrwerker und Wirt, gaben im Ermittlungsverfahren zu Protokoll, sie hätten über das betreffende Schreiben zwar irgendwann gesprochen, das ja, es aber um Himmels willen nicht verfaßt und um Himmels willen nicht abgeschickt und also um Himmels willen damit nichts zu tun.

Ich las in diesen Tagen Heinrich von Kleists Novelle vom Roßhändler zum dritten Mal und träumte von einem triumphalen Ende aller Prozesse, träumte davon, daß mein Vater sich in einem Siegeszug im Dorf zeigen würde: »... ein großes Cherubsschwert, auf einem rotledernen Kissen, mit Quasten von Gold verziert, ward ihm vorangetragen, und zwölf Knechte mit brennenden Fackeln folgten ihm ...«

Tatsächlich aber wurde Kohlhaas, noch bevor sein Berufungsverfahren in anderer Sache entschieden war, wegen Verleumdung, wenn auch noch einmal unter Berücksichtigung mildernder Umstände, zu einer weiteren bedingten Gefängnisstrafe verurteilt. Der Abstand zu seinem früheren bürgerlichen Leben schien damit ein unüberbrückbarer Abgrund geworden zu sein.

Als nach fünf Jahren Nachtarbeit am Fließband der Papierfabrik und schon jenseits aller Hoffnungen ein Berufungsgericht entschied, daß mein Vater als Kassier zwar seine Befugnisse überschritten habe, er aber tatsächlich weder ein Betrüger noch ein Dieb sei und ihm deswegen alle Rechtsfolgen seiner Verurteilung erlassen wurden – er konnte also in allen Ehren wieder in den Schuldienst aufgenommen werden und durfte auch alle anderen verlorenen Ämter wieder bekleiden, starb meine Mutter.

Sie hatte in den Jahren der Unsichtbarkeit ihres Mannes die Lasten wie die Repräsentation der Familie in allen Belangen allein getragen, hatte anonyme

Briefe geöffnet und meinem Vater verschwiegen, hatte die Verfluchungen des Alteisenhändlers und andere Demütigungen schweigend ertragen. So wie sie Kohlhaas einst beschworen hatte, er solle sich keiner Wahl stellen und keine Anschuldigungen gegen Stärkere erheben, so hatte sie ihren Mann, wenn er von seinen Nachtschichten zurückkehrte, auch beschworen, den Selbstmord, von dem er immer wieder sprach, wenigstens um seiner Kinder und seiner Frau willen nicht zu begehen. Aber das schmerzhafte Gewicht dieses Lebens war ihr am Ende zu schwer geworden. Über ihre letzten Stunden schrieb Heinrich von Kleist, daß sie dem Priester, der in ihr Sterbezimmer getreten war, die Bibel aus der Hand nahm, darin »blätterte und blätterte, und schien etwas darin zu suchen; und zeigte dem Kohlhaas, der an ihrem Bette saß, mit dem Zeigefinger, den Vers: ›Vergib deinen Feinden; tue wohl auch denen, die dich hassen.‹«

Nach ihrer Bestattung auf dem Dorffriedhof lehnte mein Vater die Wiederaufnahme in die dörfliche Gemeinschaft ab und begann alle Vorbereitungen zu treffen, das Dorf, in dem er sein Leben verbracht hatte und in dem ihm nun sogar die Stelle eines Schuldirektors angeboten wurde, zu verlassen, »weil ich«, ließ Heinrich von Kleist ihn sagen »weil ich in einem Lande ... in welchem man mich, in meinen Rechten, nicht schützen will, nicht bleiben mag«.

Kohlhaas löste die Wohnung im Kaiser-Franz-Joseph-Jubiläums-Lehrerheim auf – ich erinnere mich an einen mit Sommerkleidern meiner Mutter vollgestopften Mülleimer, von dessen Rand mit Blumen gemusterte Ärmel winkten, als ich ihm bei der Räumung zu Hilfe kommen wollte – und übersiedelte in den Geburtsort meiner Mutter, der am Unterlauf jenes Flusses lag, in dem die Salzzillen einst nach der Überwindung des Großen Falls wieder ruhig dahingeglitten waren.

Dort lebte er bis zu seinem Ruhestand als einfacher Lehrer und Gemeindebibliothekar in einer dunklen, winzigen Wohnung, von deren Fenstern er an allen Tagen des Jahres Singvögel fütterte, die er alle allein an ihrem Gesang erkannte. Wenn es etwas Ehrenvolles von seinen Kindern zu berichten gab, etwa von den Karrieren seiner Tochter, die in der Kanzlei des Anwaltes von Thomas Bernhard die Tagsatzungen abwickelte, oder von seinen Söhnen, die Lehrer, Schauspieler und Schriftsteller geworden waren, kopierte er die entsprechenden Nachrichten, auch Zeitungsausschnitte, auf dem Postamt des Dorfes und versandte sie an alle Wohlmeinenden, um ihr Vertrauen in ihn und seine Familie zu rechtfertigen. Dreimal jede Woche fuhr er mit dem Postbus zum Grab meiner Mutter, entzündete dort Kerzen und erneuerte einen dadurch niemals verblühenden Blumenstrauß in einer Steckvase aus grünem Plastik.

Auch an seinem eigenen Todestag, viele Jahre nach dem Drama seines Untergangs, wartete er an einer Bushaltestelle, von der aus das Benediktinerkloster, in dem ich zur Schule gegangen war, wie eine alles Land überragende Festung zu sehen war. Wir waren an diesem Tag am Grab meiner Mutter verabredet und wollten dann in einen Gastgarten, der weit draußen zwischen Weizenfeldern lag. Seine letzte Freundin, eine pensionierte Gemischtwarenverkäuferin, wollte ihn, wie schon so oft, auch diesmal begleiten und saß neben ihm auf der Wartebank der Bushaltestelle und hielt seine Hand, als er plötzlich ohne ein Zeichen des Schmerzes oder des Erschreckens und ohne ein Wort vornübersank. Sie konnte ihn nur mit Mühe halten und verhindern, daß er auf das Straßenpflaster fiel. Während Bus um Bus ankam und wieder abfuhr und sich eine Menge von Neugierigen staute und wieder verlief, erklärte ein unter Blaulichtblitzen eingetroffener Notarzt meinen Vater für tot.

Er wurde vom örtlichen Bestatter in die Leichenkammer des Benediktinerklosters gebracht. Hinter meterdicken Mauern schienen sich dort noch Frühlingstemperaturen erhalten zu haben. Dabei war draußen Sommer. Ein brütend heißer Tag im Juli.

Als ich diese dämmrige Kammer kaum eine Stunde nach der Todesnachricht betrat, sah ich Kohlhaas in sommerlicher Kleidung, wie bereit zu einem Nachmittag am Fluß, auf einem Katafalk liegen. Der plötzliche Herztod hatte sein Gesicht, seine Arme blauviolett verfärbt. Das wird verschwinden, sagte der Bestatter, dieses Blau wird verschwinden. Am Abend wird ihr Vater wieder sein, wie er war.

Ich stand lange an der Bahre und habe vergessen, ob es Sekunden oder Minuten dauerte, bis ich begriff, daß ich den Körper wieder und wieder nach einem Lebenszeichen absuchte, einem Atemzug, einem Pulsschlag, einer sanften, kaum merkbaren Dehnung des Brustkorbs ... Aber vor mir lag nur der Leichnam eines freien Mannes.

Erzählt zur Verleihung des Kleist-Preises, unter dem Titel »Kohlhaas«.
Berlin, am 18. November 2018.

»Mädchen im gelben Kleid« wurde in der *Frankfurter Allgemeinen Zeitung* am 25. Juni 2018 abgedruckt.
»Eine Zierde für den Verein« wurde im *Standard* am 10. Dezember 2017 abgedruckt.
»An der Bahre eines freien Mannes« wurde unter dem ursprünglichen Titel »Kohlhaas« in der *Frankfurter Allgemeinen Zeitung* am 28. Dezember 2018 abgedruckt.

Christoph Ransmayr wurde 1954 in Wels/Oberösterreich geboren und lebt nach Jahren in Irland und auf Reisen wieder in Wien. Neben seinen Romanen »Die Schrecken des Eises und der Finsternis«, »Die letzte Welt«, »Morbus Kitahara«, »Der fliegende Berg« und dem »Atlas eines ängstlichen Mannes« erschienen bisher zehn Spielformen des Erzählens, darunter »Damen & Herren unter Wasser«, »Geständnisse eines Touristen«, »Der Wolfsjäger« und »Gerede«. Zum Werk Christoph Ransmayrs erschien der Band »Bericht am Feuer«. Für seine Bücher, die in mehr als dreißig Sprachen übersetzt wurden, erhielt er zahlreiche literarische Auszeichnungen, unter anderem die nach Friedrich Hölderlin, Franz Kafka und Bert Brecht benannten Literaturpreise, den Kleist-Preis, den Premio Mondello und, gemeinsam mit Salman Rushdie, den Prix Aristeion der Europäischen Union, den Prix du meilleur livre étranger und den Prix Jean Monnet de Littérature Européenne. Zuletzt erschien der Roman »Cox oder Der Lauf der Zeit«.